U0093265

반갑고 고맙습니다。

2022. 5. 2

나태주

—很開心這本書能與台灣讀者見面，也非常感謝各位。—

사랑만이 남는나

唯獨留下 

羅泰柱 나태주—著　　丁俞—譯

唯獨留下愛

詩人的話——

愛是唯一解答

每當有年紀比我輕的人問起關於人生的問題，我總想這麼回答他們，人生的答案有三個，第一個是愛，第二個也是愛，第三個還是愛。一直以來，我們都因為無法去愛而鬱悶，因為無法去愛感到悲傷、惴惴不安，最終因為無法去愛變得不幸。

英國的傳奇文豪威廉·莎士比亞在他的作品《莎士比亞十四行詩》寫到「子女」、「愛」和「情詩」是人類能永遠活下去的方法。確實如此，當心中的愛化為詩句，那份愛意就會與詩一同成為不滅的存在。同理，詩中所描寫的對象也永遠不會消逝。

今年春天，我偶然從同樣是詩人的前輩中聽到這樣的話，相較於自己曾經愛過的人，人們對曾愛著自己的人的記憶會留存得更久，那段回憶也會顯得更加美好。這句話說得一點也沒錯，就像兒時從母親那接收到的愛是那麼讓人難以忘懷一般，人總會牢牢記住自己曾感受到的愛。

愛是唯一解答，唯獨愛能永存。因此我們必須去愛人，並從他人身上接收愛。愛不是在特定情況下才能形成的彩虹，愛是一直存於心中，早已準備好要傳達出去的一份心意。盼人們能從詩中感受到我想傳達的愛，此詩集謹獻給世上每一對戀人、世上每一位妻子和世上每一位女兒。

我想透過你們，透過我的詩，成為不會消逝的存在。歌德在他的著作《浮士德》結尾之處寫到「永恆的女性引領我等飛升！」，而我相信愛會引領我們達到永恆。

羅泰柱

寫於二〇二〇年歲末

Contents

Chapter 1

想偷偷呼喚的那個名字 －獻給世上每一對戀人－

Chapter 2

有妳我很幸福 －獻給世上每一位妻子－

Chapter 3
只要想到妳，我的心就會冒出新芽
－獻給世上每一位女兒－

天正好

風正涼

我要把這美好的風

這美好的天空

全都寄給妳

Chapter

1

想偷偷呼喚的那個名字

獻 給 世 上 每 一 對 戀 人

愛情來臨的時候

比起近在身旁
身在遠處時
更常感受到他的目光

即便相隔再遠
你依然能聽到他呼吸的聲音
那就代表
你已經愛上那個人了

不用懷疑
也別因為害羞就藏起這份感情
因為愛情就是這樣來臨的

儘管你撇過頭閉上眼
也阻擋不了

開窗

我伸手開了窗

開了窗後

凝視著漆黑夜空中的星星們

星星們在夜空中閃耀著光芒

我在它們之中

選了一顆最漂亮的

當作是你的星星

那顆星星和你

一同進到我心中

我的心就這樣慢慢地

慢慢地亮了起來

從現在起

即使沒人在身邊

我也不是孤身一人

即使我們相隔再遠

也不算是分開

就如同夜空中一閃一閃的星星

你也是顆閃耀的星

而跟隨你的星星的我

同樣也會是顆閃閃發光的星

想見你的日子 1

應該過得不錯吧

我相信你一定能過得很好

我時常不由得地

想起你來

就像習慣一樣自然

看看天空

看看雲朵

接著低頭看看自己的心

那裡頭

不曉得有沒有

一口水井？

一口早已變成青銅色的老井

那裡頭

會有飄動的雲朵嗎？

那裡頭

會有微風輕拂而過嗎？

一下下也好

假如能夠看到你的臉

那就太好了

愛 1

我今天好想好想

好想好想

聽聽你的聲音

像是聽到了

又好像沒聽到

突然開始好奇起

地球獨自運轉時

會發出什麼樣的聲音

約定

明天

我和他約好了要再見面

心好急

好想快點見到他

假如今天就是明天

該有多好啊！

秋天的信

我愛你短短一句話

到最後都捨不得說

我愛你短短一句話

就是這麼難說出口

河畔

難得今天吹來的風如此宜人
我們牽著手到遠些的地方走走吧
別放開緊牽的手
能走多遠就走多遠吧

路上的人都在看著呢
那就把背後牽著的手
再藏得深一些吧
但還是逃不過風的眼睛呢

就算牽著手還是會想念的心

就算面對面還是想見面的心

讓它隨著河水流走吧

讓它跟著風兒遠飛吧

今天的風吹起來格外舒服

河面波光粼粼

你在沒見到面的這段日子裡

變得越來越美了

我的願望

沒什麼事啦！我只是
想聽聽你的聲音
才打了這通電話給你

沒什麼事啦！我只是
好奇你在做什麼
才打了這通電話給你

能聽到你的聲音就夠了
能知道你正在做什麼就夠了
希望你今天一切都好
希望你能克服所有困難

運氣好一點的話，希望我們能夠再次相見
希望下次也能笑著相見
這就是我全部的願望了

單純的愛

希望秋天能快點到來

似乎這樣你就會揚起一抹微笑
跟著秋日和煦的陽光
朝我走來

希望夏天能快點結束

似乎這樣我就能笑容滿面地
踩著秋天的衣角
去與你相見

立刻說出口

別猶豫，立刻說出口

別等到明早，就是現在

立刻說出口，已經沒時間了

說你很愛我

說你很開心

說你很想我

太陽要下山了，花兒都要謝了

起風了，鳥兒也開始鳴叫了

就是現在，別在乎其他人怎麼看

說你很愛我

說你很開心

說你很想我

別再吞吞吐吐，把話留在心中不說

明天花就謝了，就是現在

就算明天有花，也不會是這朵花了呀

說你很愛我

說你很開心

今天，你就是那朵花

夢幻

彷彿輕輕一碰
就會在手心上融化的
夢

彷彿輕輕一擁
就會成為溪水消散而去的
身體

閉上眼能看見
睜開眼就消失在眼前
這叫我該如何是好呢？

活下去的理由

只要想到你
就會立刻從睡夢中醒來
全身充滿力氣

只要想到你
就能得到活下去的勇氣
天空看起來也更加蔚藍

只要想起你的面容
我的心就會變得暖和
只要想起你的嗓音
我的心就被愉悅填滿

就這樣吧！就緊緊閉上雙眼
得罪上帝一次吧！
這就是我能在這個春天活下去的理由

颱風消息

聽說有個颱風從遙遠的

海的那頭

朝著這裡襲來

心中固然有些害怕

但颱風也帶來了

你呼吸的聲音

從遙遠的大海

越過驚濤駭浪傳來的

你呼吸的聲音

這讓我又驚又喜

感謝今天的我還活著

還能好好地在這世上呼吸

還能好好地愛著你

嫣紅的百日菊

即使身處風雨之中

依然直挺挺地抬著頭

我就像要將它看穿似的細細端詳著

所以

你說你愛鴿子

你說你愛風鈴草

你說你愛孩子

你說你愛溪水流動的聲音和微風

你說你也愛白白的雲朵

因為我愛你

所以也就自然而然地

愛上了鴿子

愛上了風鈴草和孩子

愛上了溪水流動的聲音

愛上了微風和白白的雲朵

星星

太早現身或是姍姍來遲

兩者之一

太急著離開或是停留太久

亦是兩者之一

某個人匆忙離開後

留下久久不滅的耀眼光芒

手凍僵到無法牽緊彼此的

那種苦楚

距離是那麼遠，手卻怎麼也不夠長

再怎麼奮力往前伸，我還是抓不住你啊！

盼你能活得長長久久

也請你千萬別忘了我

離開後的地方

害怕在我離開後

獨自被留下的你

會哭好久好久

所以無法輕易離開這

你離開後

想到獨自被留下的我

會哭好久好久

是否也會在那頭，哽咽不能言

秘密日記 1

上帝啊！一次就好，請祢就當作沒看見吧

請祢容許我
活在這有著耀眼陽光的世上時
能將這名嬌小的女子
放在我的心頭過活

她是個個子不高的女子
她是個眼睛細小的女子
就連夢想都是那麼微小的女子

一下下就好，就請祢容許我去愛她吧

踉蹌

每當看到你

我總是一個踉蹌！

站也站不穩

是座搖搖晃晃，搖搖欲墜

但不會倒下的

比薩斜塔

你看著這樣的我

開玩笑問著

是不是被你的美貌迷得神魂顛倒了

又一個踉蹌！

我心中洶湧的海水

全傾向了同一側

你也是如此嗎？

我活著都是因為你

吃飯的時候

總想快點吃完，好去見你

還有啊

睡覺的時候

總會希望天快點亮，好去見你

日復一日

真是令人惋惜啊！

為什麼和你待在一起時，時光總是過得那麼快呢？

真是令人焦急啊！

為什麼你不在我身旁時，時間卻是過得那麼慢呢？

每當我要遠行，心中都會掛念著你
歸途上也滿腦子都是你
我的太陽今日也同樣為了你而升起
又為了你而落下

你也是如此嗎？

極度恍惚

如夢似幻，光彩奪目
喜歡你喜歡到不知該如何是好
喜歡你喜歡到像是要昏過去了
總歸一句，我喜歡你喜歡得要命

太陽升起的樣子令人恍惚
夕陽落下的樣子令人恍惚
鳥鳴聲和花開的樣子令人恍惚
河水搖曳著尾巴流入大海的樣子
令人恍惚

對了，比起這些
看著海面上起伏的波浪一波接著一波
那處的晚霞恍惚的
讓人心生沉入其中，就這麼死去的衝動

不，其實站在我眼前
笑盈盈的你才最讓人著迷
讓人極度恍惚

你到底來自何方？
是怎麼來到此處？
又是為了什麼理由前來？
你的到來就彷彿是來實現
千年前我們就許下的承諾

樹木

未經你的允許

我把超載的心意

全都給了你

我的整顆心

幾乎全被你奪去

我收不回那份心意

只能站在颳著風的原野盡頭

日復一日地沉浸在悲傷之中

最終成了一棵樹木，哭著

刻骨銘心

總告訴自己不能再這樣下去了
但眼淚還是不停滑落
聽著動人的音樂會突然一陣哽咽
看見戟葉蓼和水蓼這些秋天的野花枯萎的樣子
就如同看著我自己，苦澀湧上心頭

那些你曾指著它們說很美
我卻因為不知道名字
隨口回了是夏枯草的紫色小花
其實是一種美麗的秋日野花
名叫海州香薷

看著它們開滿整個山谷
像是記得我一般望向這頭
我的心就痛苦萬分
那模樣就如同你紫色的微笑
獨自看著它們只會撕裂我的心

唯有上帝知曉的事

我有個深愛的人

但我不能說出他的名字

因為一旦說出那個名字

那份心意就會變質

我獨處時有個總會想起的面孔

但我不能告訴你他是誰

因為一旦說出那個人是誰

那份心意就會消失不見

這些事

唯有上帝知曉

愛情總是生澀

不再生澀的愛情
已經不能稱作是愛情了
明明昨天和今天都見了面
你看起來依然有些不自在，仿若初見

不再彆扭的愛情
已經不能稱作是愛情了
明明剛剛才聽過你的聲音而已
聽起來依然有些陌生，又令人感到新奇

是不是曾在哪見過這個人呢……
是不是曾在哪聽過這個聲音呢……
唯有生澀才是愛情
唯有彆扭才是愛情

今天你又在我眼前

重生了一次

今天我又在你眼前

死去了一次

虞美人

思維總是敏捷

醒悟卻總是晚了一步

就這樣一天過一天

心早已血流成河

我動搖的心

總被你看穿

我望向你的目光

總是被人們察覺

那句話

好想見你

我一直在想你

然而都到了最後一刻

還是有句話沒能說出口

我愛你

我好愛你

希望那句話能在我嘴裡

開出一朵花

化成一縷芬芳

成為一首歌曲

論愛情

愛情是

如坐針氈

愛情是

怦然心動

愛情是

猶豫不決

愛情是

一陣微風

愛情是

飛翔的鳥

愛情是

煮滾的水

愛情是

思緒萬千

生活方式

想念的時候就畫一幅畫

鬱鬱寡歡的日子就聽聽音樂

而那之外的時間

我都要用來想你

近況

最近
住在你心裡的我
過得如何呢？

最近
住在我心裡的你
依然美麗可人

我今天
怎麼會這樣呢

秋天實在太長了

真希望秋天快一些過去

直接進入冰天雪地的冬天

是秋天把你帶來我身邊的

而如今只剩秋天獨自被留在此處

你已不見蹤影

秋天和我面面相覷的日子

實在太長了

叢叢秋菊在院子裡盛開

我無法再看著菊花叢被秋風吹過

那搖搖晃晃的樣子

不只是一天天染上火紅色彩的楓樹

就連早早從樹枝上掉落

在地面上滾動著

腳一踩就會發出沙沙聲響的落葉

我也都不忍看了

我今天怎麼會這樣呢？

離別

我愛你

我愛你

我愛你

知道了

知道了

好好過

不要哭

不要哭

不要哭

留於心中的寶石

想著要寫封信、要寫封信
但過了好幾天都沒動筆
想著要打通電話、打通電話給你
卻忍了好幾天都沒撥出去

風今天也對光溜溜的後頸感到陌生
陽光開始睜開那雙更加哀戚的眼眸
白晝一天比一天更短
我們未來的日子肯定也會是如此

和你分開後的日子
我也從未忘卻
那要好好生活的約定
經過漫長的時光後早已褪色的約定
仍留於我心中化為寶石

島嶼

你和我
牽著手，閉著眼一路走來

但如今我的身邊已沒了你
這叫我該如何是好呢？

我不知道回去的路該怎麼走
只能站在此地獨自哭泣

心中鬱悶時

偶爾會覺得心裡被什麼給堵住了，覺得胸口悶悶的，沒有辦法呼吸，那大概是因為我心裡大部分的位置都被你占據了吧！在這種狀況下，我是無法好好活下去的，所以我在思考是不是該讓你離開我的心一會兒了。

赤松、三球懸鈴木和梧桐在院子裡的一角排排站，我想將你變成列於它們之中的一棵柿子樹，在烈日當空，四處傳來陣陣蟬鳴的炎炎夏日中罰站一會。如此一來，未來你枝椏上結出的果實便會逐漸變得碩大飽滿，果肉也會充滿甜美的汁液。

我們的第一個秋天好不容易到來了，我和你就這樣仰望著已經熟透的紅柿，在柿子樹下站得再久也很開心。我們偷偷瞄了眼彼此心中那顆色澤澄紅，令人垂涎欲滴的熟柿，像年幼的孩子般面露略帶傻氣的笑容，咬了口多汁的紅柿。

一天到晚

我一天到晚把自己關在房間裡
心中所想全是那個人

我一天到晚把自己關在房間裡
腦海裡浮現的只有那張面孔

每當夜幕低垂
我在夢裡看見的總是那張臉

山林中傳來落葉被踩碎的聲響
而我心中傳來的是你的呢喃細語

野菊花 1

獨自一人爬上
風呼嘯而過的山嶺
就讓那些過去留在山下
別再去想了
真的再也不去想了

獨自一人爬上
蘆葦花遍地盛開的山嶺
就讓那些過去留在山下
全都忘卻吧
就全忘得一乾二淨吧

我看著那片天空

那之中有著悠閒飄蕩的雲朵

不知不覺中

眼角欲奪眶而出的淚水

成為濕了花瓣的露珠

沿著電話線

沿著電話線傳來

洗米的聲音

洗碗時碗盤碰撞的哐啷聲

啊，今天也過得很好呢

沿著電話線傳來

電視的聲音

似有似無的音樂聲

啊，今天也有好好休息呢

謝謝你

某 個 句 子

我想你

我好想念你

如果要概括我的人生

大概就只有這兩句話

只要說出這個句子

我的心就會變得舒暢許多

過去的你也會來到我身邊

對我展露笑顏

秋天的約定

今日依舊站在陰暗的天色

烏黑的雲朵下

將秋天抱了個滿懷

每個秋季，每個秋天來臨時

那令我魂牽夢繫，多情的人兒

就會前來實現與我的約定

那人越過了

開滿純白野菊花的小山坡

背後是一片晴朗蔚藍的天空

她的裙襬飛揚，髮絲也隨風飄動

快到我身旁來吧！我們曾做下了約定啊！

秋天啊秋天！請你快快到來

我思念的人兒啊！請你快快到來

如今你對我來說是一朵潔白的野菊花

是如井水般藍得清澈的秋日蒼穹

是專屬於秋天的伊人

我今日依舊站在陰暗的天色

烏黑的雲朵下

將你抱了個滿懷

思慕的人
在遙遠的彼方

連一幅畫都沒能好好完成
就這樣送走了如此美好的秋天
就這樣依依不捨地送走了
如此美好的花草樹木和山嶺

總是亮眼的花兒凋謝了
吹來的風也變冷許多
白雲在威力削弱不少的陽光底下
就像個無處可去的人站在原地，接著遠去

我今天也獨自一人
坐在有著美好日光的窗邊
我思慕的那人正在遙遠的彼方
我惦念的那人早已杳無音訊

起風了

我的心大概是柳葉吧？
今天的風吹得格外大
我的心也跟著在風中顫抖著

因為那個人我才能伸手抓住風
因為那個人我才能看見滿是愛意的心
因為那個人我才能讓這份感情永不生變

今日，我想念的人身在遠方
我的思念因而氾濫成災
愚鈍如我，無法控制自己的心
成為了只會想你的奴隸

我的心大概是風車吧？
今天的風吹得格外大
我的心也跟著在風中轉了又轉

別離

我們再也無法見面了

就算你變成花朵，變成小草
變成了樹木
站在我跟前
我也無法認出你來

而我就算化為雲朵，化成了風
化為一陣雷
從你身邊經過
你也同樣無法認出我來

淚水蔓延

成了一汪小小的泉水

這是我們在這名為地球的星球上

最後一次的遇見與別離

我們再也無法以人類的模樣相遇了

話雖如此

你離開後
我也搞不清楚自己
是怎麼度過這些
沒有你的日子的

但希望我離開後
就算身旁沒有我
你也能過得很好
每天都朝氣蓬勃

你要像早晨裡剛綻放的
那朵花
要像正午在空中飛翔的
那隻鳥

我嘴上這麼說著

今天的你
也依舊在遠方

每天撥通電話後

就是問你在哪，在做些什麼

和誰在一起，是否一切安好

有沒有好好吃飯，晚上睡得安穩嗎

問了又問

起了個大早

見陽光如此耀眼

看來昨晚你一切都好

今天你也依舊在遠方

現在這顆地球就是你的身體

是你的心

冬日車窗

只要想起你

冬天也會變秋天

只要想起你的笑顏

冬天也會開花

該怎麼辦才好呢

即使到現在

這樣的謊言

對我還是很管用

讓我心花怒放呢

一大清早

我在前往清州的路上

車窗外瀰漫著冬天的霧氣

濃霧後頭

冬天的樹木褪下了外衣

今天是怎麼一回事呀

怎麼冬天的霧和樹木

看起來都特別多情呢

何時

光是看著你

我的胸口就陣陣發麻

光是聽見你的聲音

我就會心頭一震

我的心是你開出的花

是你抽開門閂後的那片天空

那兒有白雲飄動

那兒有微風吹拂

各種紛亂的思緒

進到心中又轉身離去

究竟要到何時

我才能不在你面前慌了手腳呢？

致上帝

請再次饒恕我
擁有一顆想偷偷地
把某個人藏起來的心

這些話我早對祢說過無數次了
他是我心中的燈火
他是我心中的花朵
如果沒有他
就連一天、一小時我都撐不下去
就連呼吸都會變得困難
我還能怎麼辦呢？

感謝祢准許
讓這樣的人
待在我身旁

今日的約定

我們別談大事，別談沉重的話題
只談那些微小的、輕鬆的話題
好比早上起床後，看見一隻從未見過的鳥在恣意飛翔
好比走在街上時，因為聽見牆的另一頭傳來孩子們的
嬉笑聲，暫時停下了腳步
又或者是感覺蟬鳴成了一泉流水，流入天空中
我們只談這些就好了

不去談論別人的事，不去談論世上發生的事
只談我們的事，你和我身上發生的事
像是昨晚因為沒有睡意翻來覆去
像是整天因為想念對方，一顆心總是靜不下來

又或者是在難得一片光風霽月的夜空下，

找著星星許下了願望

我們只談這些就好了

我們心中都很清楚，光是談你我的事，

時間就不夠用了

就這樣辦吧！就算你我分隔兩地

就算已好一段時間不在彼此身邊

也要讓自己過得幸福

這就是今天的約定

認識你之後

自從認識你之後

我睡覺的時候

感覺都不是獨自入睡

而是和你一同進入夢鄉

自從認識你之後

我走在路上的時候

感覺都不再是形單影隻

而是和你並肩漫步

自從認識你之後

我看到的月亮

再也不是獨自望著的月

而是與你一起欣賞的皎潔玉鉤

自從認識你之後

我聽見的歌曲

再也不是獨自聽的歌

是與你一同傾聽的曲調

致離去的人

你知道嗎？

當原本緊緊抓住氣球的孩子
將手鬆開之後
朝著高空某處飛去的那顆氣球
它的自由裡面有著多少不安

你知道嗎？

想著要出去跟人見見面
好不容易走出家門後
卻不知道該見誰
又該往何處去的腳步有多茫然

就算要走

也請把心留一點在這吧

不對，請把我的心

帶一點走吧

開著花的道禾洞

始終不想說出口

當時是我剛滿二十五歲那年的一月，我因為愛上了甚至連門牌都記不清，只知道她住在仁川市道禾洞的女子，正打算前去求愛
我穿著廉價的褐色毛料西裝
打算直接請求女子的父母允許我們交往

我沿著彎彎曲曲，又細又長的羊腸小徑前行
因為是冬天，天色很快就變得昏暗
放眼望去是一排排從未看過的房子
巷底麵粉磨坊的裡屋正是女子的家

但我終究還是被拒絕，哭著走上回家的路
身在陌生之地，冷風將我的雙頰凍僵
即便是冬季，那裡還是開滿了桃花
桃花的花瓣掉到我眼上，凍成了冰

位在仁川市道禾洞，某間麵粉磨坊裡的那間房子
我想如今應該還在同一個位置吧
那女子的家是我初次表白，並被拒絕的地方
鼻翼有些寬，兩頰總是紅通通的濟物浦女子

始終令我無法忘懷啊

愛 2

該不該愛你呢？我有些害怕
因為不知道某天會不會討厭起你來
最後走向分手一途

該不該恨你呢？我有些害怕
因為怕恨你的心成了心結
這樣一來我會更加討厭自己

現在選擇不去愛你
就是我愛你的方式

竹林下

1

風追趕著雲朵

雲朵凝聚成思念

思念晃動了竹林

我站在竹林下，心搖下了落葉

2

就像徹夜從竹葉間灑落的星光

被煙燻得焦黑的燈罩後頭

依稀能看見你的面容

深夜的竹林裡，傳來陣陣淅瀝淅瀝的夜雨聲

時不時還能聽見晚風吹拂而過的聲響

3

昨天因為太想念你寫了封信

昨晚因為在夢裡遇見你而跪地痛哭

醒來後，我的雙眼四周滿是已乾的淚痕

我開了門，眼前的山谷蒙著一層猶如絲綢的霧氣

4

在並非一切都只屬於我的秋天

只有落日西沉時的雲朵歸我所有

只有孩子們在巷口的嬉鬧聲

歸我所有

只有村外裊裊升起的夜霧

歸我所有

在依然能讓某些事物只屬於我的

這個秋天

早早吃了晚飯

來到井邊散步的月兒

只歸我所有

沉入井水洗著秀髮的月兒

只歸我所有

冷風吹起

風變得冷颼颼的

寒風蕭瑟，吹著枯葉

我們必須經歷一段長長的離別

要像等待深夜結束般

度過沒有半隻蝴蝶飛舞

沒有花朵的時光

這是個讓人眷戀體溫的季節

在這樣的日子裡

我每晚都點亮燭火

寫著無法寄出的信

因此我要為你

開始寫詩

刺骨的風吹著枯葉

深山中鳥巢裡的幼鳥冷得直發抖

漫漫長夜，我和你寫著

終究無法寄達對方心中的書柬

我們必須經歷一段長長的離別

搞不懂

明明約見面的時候

也不常赴約

明明打了電話也不怎麼接

傳了訊息

也不怎麼回的那女孩

怎麼我一說到此為止吧

她就低下頭

怎麼我一說

之後都不會再打給她了

她就淚眼汪汪

最後眼淚還奪眶而出

滴落在桌面上

這又是怎麼回事

我實在也搞不懂了

沒說出口的話

昨天說過的話今天又重複了一遍

前天說過的話今天又重複了一遍

你過得好嗎？

是否一切平安？

有好好吃飯，好好睡覺，和朋友們談笑嗎？

有沒有放下一切，好好過生活呢？

但藏在心底的那句話終究沒能說出口

我想你也早就猜到我想說什麼了

今天沒說成，明天也注定說不出口的

那一句話

沒說出口的那句話

在你的心中成為花朵恣意綻放

在我的心中成為星星閃閃發光

野菊花 2

說著不會哭

眼淚卻搶先濕了睫毛

嘴上說要遺忘

卻又再次想起

為什麼我們是彼此

分手後才會想起的人呢？

嘴上說著全忘掉吧

全忘掉吧……

寫於

燈盞下

向樹搭話

我們真的
曾經在一起過嗎？

曾經是那麼相愛
那麼信任彼此
對我們是世上最了解彼此的人
感到堅信不移
也曾覺得就算把自己的一切都給對方
也絲毫不會覺得可惜

明明沒有風吹來
樹卻隱隱約約地
彎下了它的身軀

秋日書札 1

1

最終還是一無所獲的秋天啊

連隻紙鶴都沒飛來的秋天啊

我整顆心早已經全都給了你

不曉得還能夠再給你什麼了

2

摘下新生菊花葉稍作點綴

為紙門糊上新的紙張吧

來自九泉之下的陽光灑滿房內各個角落

那是貧困人們過冬的糧食

3

決定再也不去想了

下定決心後我從山坡上走下

在回頭望時

看見許多成熟飽滿的秋天花籽

聽見挾帶在風中的山谷間汽笛聲

4

秋天離開了

現在只剩下

吹起風衣衣角的風兒

和沾上污漬的襯衫衣領

秋天離開了

現在只剩下

我在去見你時

在巷弄間吹出的口哨聲

降下初雪的日子

你窗邊的那盞燈籠

就會亮起

秋日書札 2

1

如果那是你也無法輕易挽回的悲傷

就在日落時分，與我一同站在海邊吧

這是為了遇見才剛轉身離開的陽光

也是為了和那餘暉再次離別

2

每當我眨了眨眼

一層一層褪去外衣的雲朵

看起來就像你在遠處微笑著的側臉

如此耀眼又令人傷感

那是我用盡全力也碰不著的高處

3

無法踏進任何人的院落

無法隨意在他人的田野裡休息

就這樣東看看、西看看地來到此地

抬起頭仰望就能看見天空

看見你的前額

4

呼，在玻璃窗上吹了口氣

寫上那人的名字後又立刻擦去

這令人沉溺其中，又令人心痛的愚昧舉動

說不定早被人發現了呢……

想見你的日子2

能夠擁有一個
想獨自偷偷呼喚的名字
是件美好到猶如夢境般的事

能夠擁有一個
想獨自偷偷思念的人
是件開心到會喜極而泣的事

我想自己想著想著進入夢鄉
想要自己想著想著甦醒過來
擁有一個人
是件既幸福又總令人感到孤獨的事

請稱呼我為

山林裡的樹木，原野上的野草

你難道不覺得

只要碰到我身體的任何一處

碧草翠綠的色彩和樹木的香氣

就會暈染開來嗎？

請稱呼我為

小鼓

你難道不覺得

只要碰到我身體的任何一處

就會響起咚得隆咚，咚得隆咚

一陣陣的鼓聲嗎？

我對你

你可以不知道
我有多麼喜歡你

喜歡你的那顆心
是我自己的
思念你的那份心意
光是我一個人的
就早已滿溢

現在的我啊
就算你不在我身旁
還是能繼續喜歡你

問風

我問了問風

現在那個地方

依然開著花，月亮也依舊升起嗎？

想從風那聽說

我思念的人，我無法忘懷的人

是否仍等著我

在那個地方徘徊呢？

那個人是否仍獨自唱著

當初為我唱的歌

一邊流著淚呢？

思念之情

再也壓抑不住了

我現在就得開始磨墨

徘徊

我深愛的人啊！你是無法知曉的

無法知道我在遙遠的邊防繞著圈子巡邏時

究竟想了你多少次

我深愛的人啊！你大概怎麼想也想不到

冬天來臨時，我在水庫外圍繞啊繞的

將某座山倒映在如明鏡般清澈的水面上

接著在上頭放上幾朵冬天的白雲

最後將你露出酒窩的笑顏也投射到水面上

但下一秒就感到有些無趣，拿起小石子丟入水中

攪亂水面的平靜是我悲傷的惡作劇

山茱萸花凋零之處

我愛你，我擁有了愛情

這句話明明應該要說出來

我卻找不到一個能夠放心說出口的人

我來到山茱萸花身旁，漫不經心地嘀咕著

開出鮮豔黃花的山茱萸把這些話背了下來

講給暖洋洋的陽光聽

講給前來玩耍的山中小鳥聽

講給潺潺的溪水聲聽

我愛你，我擁有了愛情

因為實在說不出那人的名字

所以除了名字，全都毫無保留地說出口了

夏天的小溪背起了我的話後流向遠方

如今秋天也將離去，溪水也闔上嘴沒了聲響

山茱萸花凋零之處只留下孤零零的果實

紅潤的果實在雪地裡顯得更加美麗鮮紅

愛的喜悅

如果我說

這個世界因為你一片綠意盎然

你大概會說

我是個愛撒謊的人

如果我說

這個世界因為你而歡欣鼓舞

你還是會說

我是個愛撒謊的人

如果我說有了你之後

我彷彿得到了全世界

你必定會說

我是個愛撒謊的人

如果我說

我的世界因為你變得悲傷又孤獨

你依然會說

我是個愛撒謊的人

初雪

這幾天都沒能見到你

體會到望穿秋水的滋味

昨晚也是個伸手不見五指的夜

我因為太過思念你

一顆心變得比夜空還漆黑

連日來因為想見一面

總是魂牽夢繫的心

變得黯淡無光的心

化成白雪降下

你雪白的心就這樣

將我擁入懷中

COFFEE SHOP
EAT DRINK LOVE COOK PLAY

出生在這世上的我

出生在這世上

我從來都沒想過

要將任何東西占為己有

假如真要說幾個想擁有的東西

大概是天空的一小撮蔚藍

一把風

和一縷虹霞

再貪心一點的話

就再加一片在地上滾動的

落葉

出生在這世上

我從來都沒想過

要將誰當作是心中最深愛的人

假如真要說我深愛過誰

就只會是那個人

有著清澈明亮雙眼的那個人

心中藏著透明憂傷的那個人

再貪心一點的話

就算未來白髮蒼顏，也不會為此感到難為情

依然想與他相見的那個人

而那人，是你

好想你

好想你

當我整顆心

都充滿對你的思念

你就會出現在我面前

宛如黑暗中的燭光

在我面前，笑著

我好想你

當每一句想說出口的話

全都是我好想你

你便會在樹下等我

你會在我將走過的巷弄

化為葉，化為陽光等著我

花 1

再相愛一次

再次犯下這罪行

再次求得饒恕吧

畢竟現在是春天啊！

Chapter

2

有妳我很幸福

獻給世上每一位妻子

禮物 1

我在這世上收到的
最大的一個禮物
就是今天

而在今天收到的禮物中
最美的禮物
就是妳

妳沉穩的嗓音
笑起來的模樣，隨意哼唱的一段旋律
都能讓人有環抱著盛夏大海般的喜悅

謝謝妳 1

聽聞有個秘密

一對戀人之間

更愛對方的人必定是弱者

昨天輸給了妳

今天輸給了妳

明天依然會在這場拔河中落敗

這是一場就算輸了

也不會感到沮喪

甚至還會讓人有些竊喜的比賽

聽聞有個秘密

一對戀人之間

輸給對方更多次的人

才是最後贏家

謝謝妳

讓我發現這秘密

痣

膚白如雪的女子

總對自己臉上那顆黑痣

感到難為情

但那顆痣在男子眼裡

是如此惹人憐愛

女子忸怩不安的心

和男子愛著對方的那份心意

在臉上的黑痣中相遇

形成了另一顆更加耀眼

不會被任何事物動搖的痣

春雨

愛情找上門來時

趴伏著哭

愛情轉身離開時

就站著哭吧

你就這樣成了種子

我也跟著成為種子

我們終將長成鬱鬱蔥蔥的大樹

成為彼此的歇息之處

羞澀

從面前伸來的手
我不敢牽

因為看到妳的臉
我就好害羞
好怕被人看見啊

不過從身後伸來的手
我會緊緊牽著

那代表著我的信賴
那代表著我的心意

一切照祢旨意

主啊！我愛著

同時又痛苦著

即便痛苦

卻還是選擇繼續去愛

醬缸台上

排滿了醬缸

那之中也有早有了裂縫

把手斷裂的鹽缸

要修理過再用也好

要扔掉也行

一切都照祢旨意

我的愛情是假的

話是這麼說的
所謂愛情就是輸給對方
輸給了對方，心中也不會有半點不快

但輸給對方後
真的還能夠心平氣和嗎？

話是這麼說的
所謂愛情就是捨棄
就算捨棄所有，依然會感到幸福

但捨棄一切後
真的還能感受得到幸福嗎？

愛妳的方式

我無法對妳承諾

永恆的愛情

無法承諾這份愛

能夠天長地久

但至少今天

我的心裡只會有妳

我能自信滿滿地說

現在這瞬間

我用盡全力在愛妳

這份愛是現在的我

能給的最大值

是我愛妳的方式

關於愛情的回答

把看來絲毫不美麗的事物
看作全世界最美是愛情

把看起來是缺點的一切
當成優點來看是愛情

不合心意的事也全忍下來
不是剛開始做做樣子而已

而是過了很久，到了很久很久的以後
還願意這麼做才是愛情

有風的日子

就算兩棵樹相隔再遠
也不代表它們不愛彼此
就算兩棵樹沒有彼此相對
也不代表它們就不想念對方

有風的日子裡
一個人去樹林裡瞧瞧吧
這棵樹搖晃的時候
那棵樹也會跟著搖晃起來

這是這棵樹
從未停止愛著那棵樹的鐵證
也是那棵樹
不停想著這棵樹的證明

雖然今日你我天各一方

沒說上一句話

但這並不代表我們不相愛

也不代表我們不思念對方

花 2

把好美這句話

悄悄地收回去

把好難受這句話

硬是嚥了下去

把我愛你這句話

費勁吞了進去

把失落、傷心和鬱悶的話

無數次地

從喉頭硬生生塞了回去

最後她決定讓自己成為花

花 3

不是因為妳的美麗

不是因為妳的才華

不是因為妳的完美

僅僅因為妳是妳

因為妳是妳

所以思念，所以可愛，所以惹人憐惜

所以能在我心口留下深深的痕跡

沒有任何理由

假如有的話

僅僅因為妳是妳

因為妳是妳

所以珍貴，所以美麗，所以惹人憐愛

我的花兒，請永遠做妳自己吧

把戲

今早把昨天偷偷買回來的耳環送給妳

幹嘛啦

妳一邊嘟囔著一邊戴上，妳的耳朵就和那小小的蝴蝶一樣美

吃完午餐離開時，我把妳的鞋子整整齊齊地擺在妳面前

幹嘛啦

妳的一雙小腳就和哺乳動物剛出生的寶寶一樣可愛

下午買了一支冰淇淋，跑到妳身邊遞給妳

幹嘛啦

妳沾到冰淇淋的雙唇就跟金魚一樣討人喜歡

我到底在幹嘛……

為了討妳歡心真是什麼都做了

晴空

天空實在太晴朗了

晴朗到讓我有落淚的衝動

你實在太美麗了

美到讓我有落淚的衝動

不對

是我實在太可憐了

才會這麼想哭啊

赤腳

直到妳能在我面前赤腳
卻絲毫不感到難為情為止

直到我能在妳面前赤腳
卻絲毫不感到難為情為止

那是一種信任
是愛情的另一種模樣

羞澀自然是愛情
但信任是更加堅定的愛情

不自量力

不自量力地

思考了一下剩下的青春

不自量力地

思考了一下剩下的愛情

聽說蠟燭要等到燭芯都燃燒殆盡

才能稱作是蠟燭

也聽說此生僅有一次的

才能稱作是愛情……

在世上的幾天

有時是染上污漬的紙窗上，隱約露出的一縷模糊月光

有時是原野上，能夠吹動高聳黑楊木枝椏的一陣風

是無法成為傾盆的雷陣雨的吧？

有時僅僅是能濕了衣角和些微髮絲的毛毛雨

有時是不打一聲招呼，沖到海邊民宿門檻前的響亮浪濤聲。

誰不是這樣呢？

在這稍作停留後便會離開的世上，我們在這短短幾天之內為大大小小的事感到喜悅，感到悲傷，感到痛苦

遇見妳之後，我的心靈感到富足，暫時體會到何謂心潮澎湃

但隨之而來的是漫長的寂寥、哀戚和等候

有時是夏日離開時，染在小指指甲上的鮮紅鳳仙花汁液

有時是剪斷的指甲上，若隱若現的初雪

是因為眼眶中含著淚嗎？

我眨了眨睫毛，又再次眨了眨

愛情有時是

愛情有時是有相同的感受

愛情有時是一起流著汗，做著同一件事

愛情有時是深情地牽著彼此的手漫步

不過就是如此而已

愛情有時是就算不說一句話

也能夠用心中的耳朵

聽見對方心中想說的話

沒有比這更美好的事了

花 4

為什麼妳在我面前

說著不要嫁給我

眼裡卻全是眼淚呢？

說我家住鄉下

說我只是個小學老師

所以不願意當我的妻子

我知道理由就好啦

但妳怎麼哭個不停呢？

我還真是

搞不懂妳的心啊

女人啊

妳哭得那麼悲傷

怎麼在我眼裡看來還是像朵花呢

秘密日記 2

我曾經說過

我是個喜歡朵朵白雲的人

妳接著我的話說

妳是個比較喜歡車子和房子的人

這樣一起生活會很辛苦的……

即使這樣我也能把自己過得很好

妳笑盈盈地回答我

那模樣又更美了

歸根結柢

只要看著妳的臉龐就充滿喜悅

只要聽見妳的聲音就無比感激

妳一個眼神就是我快樂的泉源

歸根結柢

只要聽著妳的呼吸聲

能夠待在妳的身旁就是幸福

妳活在這個世界上

就是我活著並存在的理由

戀愛

每天從睡夢中醒來

第一件事就是想妳

和妳說說心裡的話

第一個祈禱也總是為了妳

我也曾有過那活受罪的時期啊！

木蘭花落

希望妳離開我的那天

會是個花朵盛開的日子

希望那天會是在春天

那麼我就能在百紫千紅中

看見木蓮花在天地之間

像被點亮的白色花燈般綻放著

希望妳離開我那天

我不會嚎啕大哭

希望我能輕輕揮著手道別

就當作妳只是去趟當天來回的旅行

要妳一路順風，平安歸來

就算真能做到如此

我心裡的那朵花

依然會在妳看不見的地方凋謝著

潔白無瑕的木蘭花抽噎著

拚命地想控制住淚水

一瓣一瓣無力地落在地面上

長久的愛情

石頭碎了會成為砂土
那麼人的心碎了會成為什麼呢？

整夜沒有停歇的鳥鳴聲
早晨的露水
掛在瓦房屋簷上的月牙
偶爾還能聽見風鈴在風中擺盪的聲音

大海如果變了會成為水
那麼我們的愛情變了會成為什麼呢？

那樣的人

那個人

曾經是我的全世界

因為她的存在

我的世界變得富足，變得溫暖

因為她的存在

我的世界充滿了光

因為她的存在

面對狂風暴雨我也不害怕

我也想成為她心中

那樣的人

關於愛情的勸告

你曾因為愛情
僅僅因為愛一個人
而流過淚嗎？

你曾因為思念的心
單單為了想念某個人
徹夜未眠嗎？

要說那是不懂事也好
要說那是糊塗也好
要說那是段不成熟的時光也都沒錯

你應該從來沒想過
要用那雙顫抖的手
再次為一個女人
或為一個男人寫封長長的信吧？

我希望你牢牢記在心中

我們都曾經有過

為了一個人輾轉反側

因為一點小事

就感覺世界快要崩塌的時期

但同時也是這段日子讓我們成為

曾感受過幸福、悲傷和孤單的人

所以我希望你別對那些過去感到懊悔

真摯的請求

請妳一定要健健康康

也希望妳不會再隨時光老去

雖然這是我的奢望

雖然放下一切過活也很好

但有一樣東西絕對不能丟

那就是希望

這是我人生中

最真摯的請求了

禮物2

對我來說，在這世上度過的每一天都是禮物
一早醒來灑在身上的明亮日光
鳥鳴聲和清風是第一個禮物

如果偶然看見綠意盎然的青山也是禮物
如果看見河水哀傷地搖著它那蛇一般的尾巴
消失在某處的盡頭也是禮物

總能照到正中午的陽光
葉子寬大，個子也長得高的樹木也是禮物
走在路上時被我踩在腳下
那些無名的小野花也是禮物

但地球送給我最大的禮物
就是來到這個星球與我相遇的妳
妳永遠都是我最珍貴的禮物

即便向晚的天空被餘暉染成了一片紅

也請妳千萬別感到心痛，別感到傷悲

因為我希望此時此景對妳而言

也是最美好的禮物

綢緞江

走訪過大大小小的河川

才能夠體會什麼才是

所謂如綢緞般秀麗的江水

要先遇見許多人

才能夠知道

妳對我而言是多麼重要的人

哪兒有

能活過百年的人呢？

哪兒有

能維繫超過五十年的愛情呢？

今天的我

也同樣走過了江邊

反覆地說著

漫步鄉間小徑

1

能來到這世上與妳相遇

對我來說是多麼地幸運

因為心中想著妳

我的世界變得無比閃耀

世上的人何其多，但只有妳

只有心中想著妳時

我的世界才會變得溫暖

2

昨天在鄉間小徑上走著走著

想起了妳

今天走在鄉間小徑上走著走著

同樣又想起了妳

昨天被我踩在腳下的小草

今天又重新挺直了腰桿

在風中顫動著

我看著小草

希望自己是被妳踏過後

還是能夠重獲新生的小草

希望自己是妳面前

輕輕顫動著的小草

裸足

我想替妳按按妳的腳

人生不可能一路順遂

不可能一帆風順

路上會有泥濘，會有碎石

會有洶湧巨浪朝妳襲去

但妳的裸足依然柔軟

依然如此馨香

我想輕輕替妳按按妳的腳

喜歡夕陽

好喜歡夕陽啊

女子坐在陽光能照射進來的窗邊

雙眼瞇到眼下有了微微的細紋

笑著

從現在起不會再那麼倉促了

會緊握著雙手熬過整個夜晚

一滴眼淚都不流

我清楚地知道她的雙眼裡

有我

她也明白我的心裡會永遠

住著她

好喜歡夕陽啊
這座山的影子遮住了
另一座山的山腰

山披上了陰影後
唯一沒被遮住的山頂
變得更加耀眼了

Chapter

3

只要想到妳，
我的心就會冒出新芽

獻給世上每一位女兒

屬於春天的人

即使我人生的春天早已離去

但因為有妳

我依然是春天的人

只要想起妳

我的心就會冒出新芽

翠綠色的稚嫩新芽

只要想起妳

我的心就會開出花來

粉紅色的嬌柔鮮花

我喜歡有妳的世界

我喜歡想著妳的我

我喜歡呼吸著的妳

謝謝妳2

今天也辛苦了

早點睡吧！好好睡一覺吧！

今天我們也依然相隔遠方

因為心中想著妳

我的一天充滿了愛，感到踏實

世界也再次變得溫暖

只要思念著妳

廣闊的天空也會變得渺小

漆黑的夜晚也會變得明亮

我的心不只是變年輕而已

甚至該說是變得像個孩子

所以我要說謝謝妳，謝謝妳

被愛著的人

妳也知道吧？

我好愛好愛妳

所以無論在什麼情況下

希望妳都要珍惜自己，愛自己

我總擔憂妳那美好又稚嫩的身心

會被人所傷

為青春寫的詩

現在很辛苦吧？

之前也很辛苦吧？

這是一定的

只要一點點就好

如果我對妳的愛

能夠稍微分擔妳的辛苦

那該有多好啊？

無法擁抱妳的

那種惋惜

光看著就難受的

那種心疼

我實在開不了口

要妳再忍一下就好

只能夠在妳的腳下

屈膝跪地

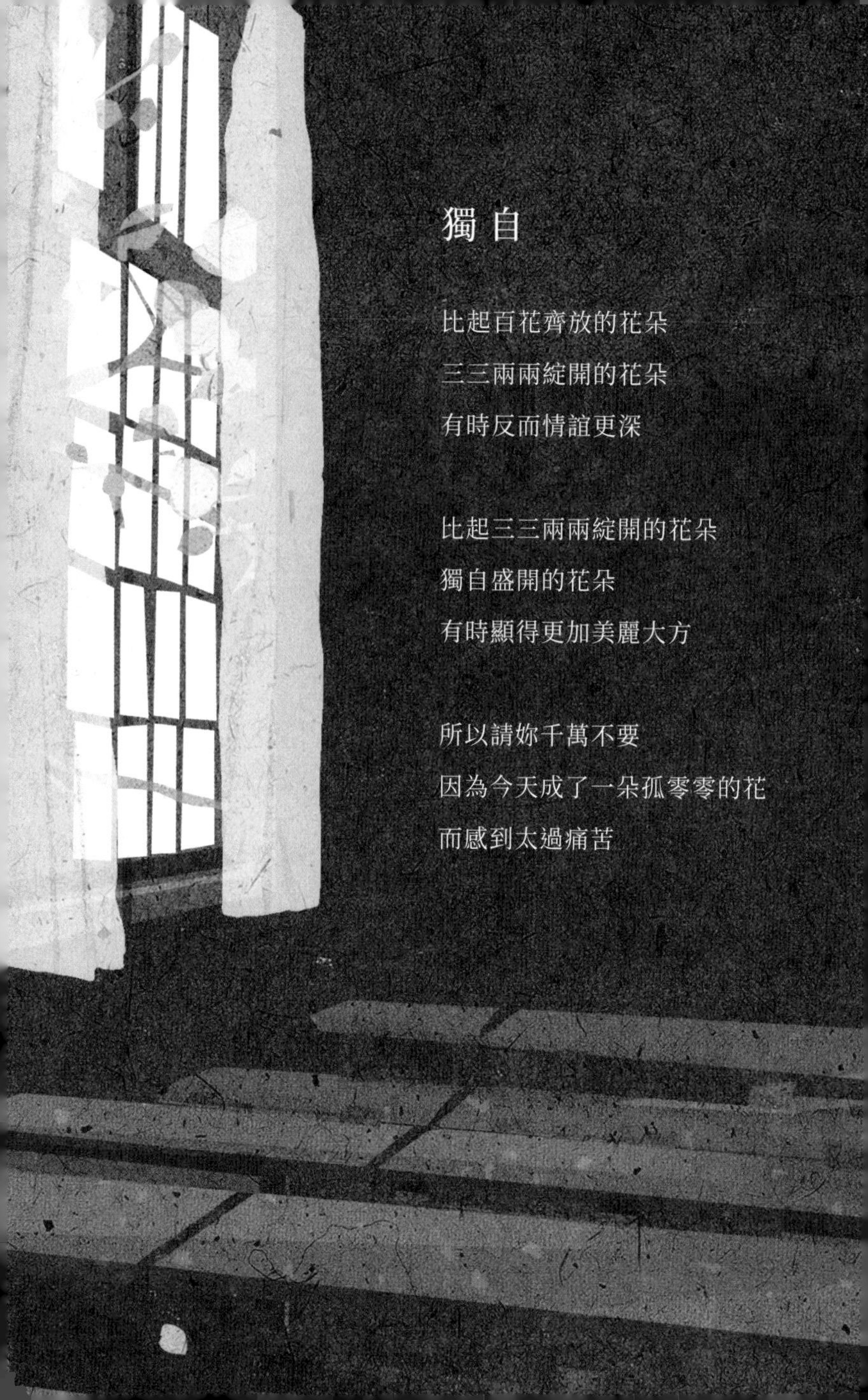

獨自

比起百花齊放的花朵
三三兩兩綻開的花朵
有時反而情誼更深

比起三三兩兩綻開的花朵
獨自盛開的花朵
有時顯得更加美麗大方

所以請妳千萬不要
因為今天成了一朵孤零零的花
而感到太過痛苦

笑而不答

上帝愛著我

而上帝所愛的我
愛著妳

那麼我所愛的妳
愛著誰呢？

妳笑而不答

彼此是花

我們是彼此的花
彼此的祈禱

我不在時
妳很想念我對吧？
妳滿腦子都是我對吧？

我不舒服時
妳總感到憂心對吧？
妳總想為我祈禱對吧？

我也一樣
我們是彼此的祈禱
彼此的花

街道上的祈禱

我在街道上

在有風吹來的街道上

握住了妳準備遠行的腳

如此祈禱著

願祝福降於這雙腳

請保佑她

就算路途再遙遠

也不會感到疲倦

願她能夠克服將面臨的困難

能夠再次回到

有著明亮燈光的這個地方

這條街道

如此一來

妳很快就會成為一隻長頸鹿

個子很高，腿也十分健壯的

一隻長頸鹿

妳會昂首闊步地向前

走入高樓大廈之間

走入滿天星斗之間

妳會走到遙遠的彼方

接著再次回到我面前

祝賀

擁抱天空

擁抱大地

剩下的力氣

我都想用來擁抱妳

愛 3

上帝是怎麼知道
必須把妳送到我身旁的呢？

妳是微風輕拂下
就會不安顫動的樂器

妳是隨波流過千萬里
如絲綢般美麗的霞光江河

我只想把妳擁在懷中
妳是我無法拒絕的世界

對妳

我想將來到這世界後
所講的話之中
最動聽的一句話
說給妳聽

我想將來到這世界後
所有的想法裡
最美好的那一個
獻給妳

我想將來到這世界後
所做過的表情中
最好看的表情
讓妳看見

這正是

我愛妳的真正理由

只要在妳面前

我就想要成為更好的人

幸福

不是那樣的

幸福並不是藏在

人生道路盡頭的某個角落

它就在我們的人生中

妳應該知道吧？

幸福早就在我們為了尋找它

不停奔走的那條道路上等著妳

走在尋找幸福的道路上

就算哪天走到了盡頭

也對這段過程感到心滿意足

才真的能稱之為幸福

妳應該早就明白這道理了吧？

難得今天能看見

晴空萬里的秋季蒼穹

身在遠處的我

又在想念妳了

我所愛之人

我所喜愛之人
會為理應感到悲傷的事而傷心
會為理應感到難受的事而痛苦

站在別人前頭時
不驕不矜
落在別人身後時
不妄自菲薄

我所喜愛之人是個
會憎恨所有理應嫌惡的事物
會去愛所有值得被愛事物的
一介凡人

微薄的心願

今天
又過了辛苦的一天
就像用雙臂抱起了地球一樣
度過了好累好累的一天

妳大概也是這樣吧
忍受著暈船的痛苦和狂風巨浪
前往波濤洶湧的遙遠大海
今天究竟捕了多少魚呢？

但我的孩子啊
就算漁獲量不多
就算看似沒做成什麼事
還是要先感謝自己
能結束這令人提心吊膽的一天
平安歸來

夜晚又來臨了

黑暗輕摟我們疲憊的身心

讓我們能好好歇息

聲聲勸著休息吧！快休息吧！

當夜幕被晨光揭開

另一個清晨到來

妳將再次從睡夢中甦醒

將再次搭上船前往世界深處

這是如今日一般微不足道的

我們的心願和夢想

颱風過後

我想聽聽妳的聲音

讓我聽聽妳的聲音嘛

我沒事

就說沒事啦

颱風離開的

隔天

天空是那麼晴朗蔚藍

雲也變得更高更白了

無法走近的心

妳的鞋子
鞋底應該磨得
很嚴重吧？

在我等待妳的時候
妳也無法向我走來
就這樣站在門外

來回踱步
焦急萬分
最終那顆心還是沒能走過來

我在想啊
要不要再買一雙鞋
寄去給妳呢？

是愛情就去吧

假如是愛情就去吧
不管他是帥氣的人
還是其貌不揚的人
就跟著愛情去吧

假如是愛情就去吧
不管他是優秀的人
還是不怎麼樣的人
就和愛情一起去吧

假如是真愛就去吧
不管他是健康的人
還是體弱多病的人
就隨愛情一同遠去吧

你們倆就去吧

去賞花吧

最好能夠開花結果

一起成為花吧

就算一切都只是暫時

就算日子不長那又如何

如果對愛無怨也無悔

如果愛一發不可收拾

假如你們倆

變成了山又能如何

變成了海洋

消失在晚霞中

又能如何呢

妳的名字

藝瑟啊

藝瑟啊

每次喊妳的名字

我的唇就變得更柔軟

藝瑟啊

藝瑟啊

每次在心裡默念妳的名字

我的心就變得溫暖

我是葉片

我是露水

我是在空中飄蕩的

白色雲之船

每次喊妳的名字

我似乎也在慢慢地

變成一個更善良的人

我似乎也在慢慢地

變成一個更美好的人

與孩子告別

沒錯，今天的我
同樣因為妳是如此可人而開心
沒錯，今天的我
同樣因為妳的快樂而感到愉悅

但話說回來
要記得吃飯，好好睡覺
一定要健健康康的才行
知道了嗎？真的有聽進去了吧？

問候

已經

想妳好久好久了

已經

沒見到面好久好久了

但只要妳過得好

我就很感激了

在遠處祈禱

就單單只因為妳
在某個我不知道的地方
像朵隱形的花一般笑著
世界再次變成耀眼的白天

就單單只因為我
在某個妳不知道的地方
像朵隱形的葉片般呼吸著
世界再次變成靜謐的黑夜

秋天來臨了，千萬要保重身體啊

惦念

我時常惦念著那些
從未踏上過的巷弄

我時常幻想著
從未見過的花田
和花田裡美麗的花朵

在這世界的某個角落
藏著我們未曾涉足的小徑
和我們未曾見過的花田
光是想到這些事物存在著
心中就不由得充滿了希望

我活在這世上
是為了見那些我從未見過的人們

在這世界的某一處

有我們未曾見過的人

光是想到這樣的人存在於世上

就令我心潮澎湃

照一張相

我和妳照相的每一回
心中的感受都不是喜悅
而是悲傷

大概是因為心中清楚
這是因為終將分開
才急著記錄下一切吧

大概是因為
活著的每一天就跟人生一樣
充滿離別、悲傷
還有漫長的等候
才會這樣吧

希望我們今天

能把離別、悲傷和等候

全當作是幸福

當作是生命的祝福

就這麼活著吧

去相信明天

相信今天

相信妳

也相信崇高的祂

會為妳照料好一切

寄給妳

天空真美

雲朵真美

我把晴朗的天空

把澄淨的心

都寄給妳

我就待在這裡

妳在那要好好照顧自己

我們偶爾

也要彼此問候

也要報告近況

天正好

風正涼

我要把這美好的風

這美好的天空

全都寄給妳

寒冬也會開花

要回來了，要回來了
說了好幾次也沒回來
要去了，要去了
說了好幾次也沒去成

但這樣也很棒
妳依舊會像過去
到我的心中住下
我也依然如以往
到妳的心裡住下

冬天在昨天又來報到了

但是我啊

還是會開花呢

想到妳的每個瞬間

都會開出花來

希望妳也能夠綻放成

世界上獨一無二的花

從來沒有人見過的花

至今還沒有名字的花

再見，我的愛

再見，我的愛

別掉眼淚，好好走

別回頭看，好好走

我一直都在這

無論什麼時候

想回來就回來

覺得累覺得辛苦就回來

到那時我也依然會等著妳

妳不會變成星星

妳不會變成花兒

我來變成星星

我來變成花吧

不，不對

我要變成在地上滾動的小石子

等妳歸來

我愛妳的聰慧

我愛妳的聰慧

我愛妳的青春

我愛妳的美麗

我愛妳的純淨

我愛妳的不造作

我愛妳有許多夢想

我也會愛妳的自私

會愛妳的輕率

愛妳的軟弱

愛妳的虛榮

也愛妳的傲慢

為青春唱的搖籃曲

知道了

我的小可愛

好好睡吧

今天的

痛苦

磨難

或是

委屈

全都放下吧

好好睡一覺

好好睡吧

記得別在夢裡

獨自心傷

獨自啜泣

妳就算獨自一人

也能成為

發光的星星

擁有

整顆地球

擁有

整片天空

買條圍巾給妳

我好想妳

就算再想念也要忍下來

等到妳答應要回來的一月才行

這對我而言

是一天天的希望

是努力踮起腳尖活下去的力量

現在正是脖子被冷風吹得發涼的

十二月中旬

河水的色澤看起來比之前還要藍了

妳離開後

我獨自走在

下著小雪的夜路上

看著褪下衣物的樹枝

和從口中吐出的白煙

我想著曾問起它們看起來

怎麼都如此含情脈脈的妳

想著

真想和妳一起淋這場雪

安好

我很好

聽見妳過得好，我就一切都好。

即使如此

我喜歡妳笑起來的時候

我喜歡妳說話的時候

但我也喜歡妳不說話的時候

氣鼓鼓的臉頰，冷漠的表情

有時候還會說些尖銳的話

即使如此我還是喜歡妳

向妳問候

問妳過得如何

卻聽見妳有氣無力的嗓音

問妳何時回家

妳冷冷地說不曉得

加油啊！加油

我家小公主

春天來了

又走了不是嗎？

不久後就是夏天了

雖然是個又熱又讓人煩躁的季節

還是要打起精神好好過生活

這樣我們才能再次相見啊

如果夏天見不到面

就秋天再見吧

今天也要好好的，要一直好好的

我對著灰濛濛的天向妳問候

真正的愛

真正的愛

是給對方自由

是同時給那個人

愛我的自由

還有討厭我的自由

真正的愛

是給對方自由

是不做任何批判

是同時給那個人

留在我身邊的自由

還有離開我的自由

我靜靜看著

只敢半睜著眼

靜靜看著

作夢吧

覺得越是孤單的時候

越要獨處

覺得有許多話想說的時候

越要謹言慎行

覺得越想哭的時候

越要好好壓抑住情緒

作夢，作夢吧

請從人群中走出來

走到高大挺拔的黑楊樹旁

獨自低著頭沿著山路漫步吧

求祢容許

我深愛的人

是位十分美麗且珍貴的人

因此請別在她腳所及之處

設下任何陷阱

我深愛的人所走的路

都是極其明亮且絢麗的路

因此請別讓她有一絲一毫的猶豫

我只希望自己

能夠以愛她的心與祝福的心

看著我所深愛的人

走在明亮且美麗的康莊大道上

求祢容許吧

求祢容許吧

在心中綁出的花束
——謹獻給親愛的台灣讀者

親愛的台灣讀者們好，我是韓國詩人羅泰柱。我在二〇二二年迎來了我的七十七歲，年紀已經很大了對吧？即便早已過了古稀之年，現在的我還是像個孩子一樣，既沒有年近八旬應有的成熟穩重，對這世上的一切事物也依然充滿好奇。但或許也正是因為如此，我才會到了這個年紀還能繼續寫詩吧？

我開始寫詩的時間點是十六歲那一年。當時並沒有人要求我這麼做，我之所以會寫詩，並維持這樣的習慣直至今日，純粹是出於一顆「喜歡」的心。沒錯！正是因為寫詩是我真心喜歡做的事，才能在六十多年的時光中持續不懈地做下去。孔子曾在《論語》中說過「知之者不如好之者」，由此可知「因為喜歡而做」是一件多麼重要的事。

一邊寫詩一邊度過的每一個日子對我而言都是那麼美

好。我之所以那麼喜歡寫詩，是因為就算在創作時無人相伴，我還是能樂在其中，未曾感到索然無味或一絲的不耐。尤其是在創作有關愛的詩作時，我總能感受到有一泓快樂的清泉在內心深處流淌，這讓我的心充滿了幸福感。而《唯獨留下愛》這本詩集所收錄的作品，正是我在這種極度幸福的狀態下所寫出的詩作，我想將收錄在這本詩集裡頭的作品稱作「在心中綁出的花束」。

我想將這捧花束獻給親愛的台灣讀者們。活在這世上，難免會為生活中發生的大大小小事件感到煩躁和鬱悶，但我希望各位在閱讀這些以愛為主題的詩作時，能夠找回原本暢快、愉悅的心情。比起其他類型的文學作品，詩可能會比較迂迴難懂一些，但它同時也是用最美麗的字句，表達出心中情感的一種文學，這也是為什麼我相信透過閱讀這些充滿愛的詩作，能夠幫助我們找回快樂。

近年來疫情肆虐，再加上自然環境的破壞與經濟上的問題，共同生活在這地球村的每個人日子都不好過。儘管如此，我還是衷心地祈禱所有讀者能重新過上平靜且美好的生活，同時也想在這為各位加油打氣，並送上鼓勵的掌聲，願每位讀者都能享有手捧詩集，暫時將目光轉向晴朗天空的從容。也希望無論相隔遠近，我們每一個人都能平安、健康。

二〇二二年夏初，寫於韓國

羅泰柱謹上

國家圖書館出版品預行編目資料

唯獨留下愛/羅泰柱著；丁俞譯. -- 初版. -- 臺北市：皇冠文化出版有限公司, 2022.07
面；公分. -- (皇冠叢書；第5037種)(心風景；2)
譯自：사랑만이 남는다
ISBN 978-957-33-3906-9(平裝)

862.51　　111008967

皇冠叢書第5037種

心風景｜02

唯獨留下愛

사랑만이 남는다

作　者—羅泰柱
譯　者—丁俞
發 行 人—平雲
出版發行—皇冠文化出版有限公司
台北市敦化北路120巷50號
電話◎02-27168888
郵撥帳號◎15261516號
皇冠出版社（香港）有限公司
香港銅鑼灣道180號百樂商業中心
19字樓1903室
電話◎2529-1778　傳真◎2527-0904
總 編 輯—許婷婷
責任編輯—陳怡蓁
美術設計—嚴昱琳
行銷企劃—薛晴方
著作完成日期—2021年
初版一刷日期—2022年7月

法律顧問—王惠光律師

讀者服務傳真專線◎02-27150507
電腦編號◎586002
ISBN◎978-957-33-3906-9
Printed in Taiwan
本書定價◎新台幣380元/港幣127元